UMA CRIANÇA NA PALESTINA

Os cartuns de Naji al-Ali

Introdução de JOE SACCO

Tradução
Rogério Bettoni

© 2011 Martins Editora Livraria Ltda., São Paulo, para a presente edição.
© Estate of Naji al-Ali
© 2009 Verso

As imagens reproduzidas neste livro foram primeiramente publicadas nos seguintes jornais: *as-Safir*, Líbano (p. 3, 4, 5, 6, 8, 11, 14, 25, 29, 30, 36, 37, 40, 41, 45, 46, 47, 48, 53, 54, 55, 56, 62, 71, 72, 73, 74, 75, 76, 77, 78, 79, 80, 81, 82, 85, 86, 87, 99, 100, 110, 113, 116, 117); *al-Watan*, Kuwait (p. 42, 49, 51, 91); *al-Qabas*, Kuwait (p. 7, 9, 10, 15, 16, 27, 28, 31, 32, 33, 34, 35, 38, 39, 50, 52, 58, 84, 88, 89, 92, 93, 94, 101, 103, 115); *al-Qabas International*, Reino Unido (p. 12, 13, 18, 19, 20, 57, 59, 90, 95, 104, 105, 106, 107, 108, 109, 111, 112, 114); *al-Seyassah*, Kuwait (p. 17, 21, 26, 60, 61, 64, 65, 69, 70); *al-Sheraa*, Líbano (p. 63, 83, 102).

Publisher	Evandro Mendonça Martins Fontes
Coordenação editorial	Anna Dantes
Produção editorial	Alyne Azuma
Preparação	Kiel Pimenta
Revisão	Denise Roberti Camargo
	André Albert
	Dinarte Zorzanelli da Silva

Dados Internacionais de Catalogação na Publicação (CIP)
(Câmara Brasileira do Livro, SP, Brasil)

al-Ali, Naji
  Uma criança na Palestina / os cartuns de Naji al-Ali ; introdução de Joe Sacco ; tradução Rogério Bettoni. – São Paulo : Martins Martins Fontes, 2011.

  Título original: A children in Palestine.
  ISBN 978-85-61635-73-2

  1. al-ALi, Naji, 1936?-1987 2. Árabes palestinos - Cartuns 3. Cartunistas - Palestina - Biografia 4. Cartuns políticos 5. Conflito árabe-israelense - Cartuns 6. Oriente Médio - Política e governo - Histórias em quadrinhos I. Sacco, Joe. II. Título.

10-06913   CDD-956

Índices para catálogo sistemático:
1. Cartuns : Oriente Médio : História   956

Todos os direitos desta edição para o Brasil reservados à
Martins Editora Livraria Ltda.
Av. Dr. Arnaldo, 2076
01255-000 São Paulo SP Brasil
Tel. (11) 3116.0000
info@martinsmartinsfontes.com.br
www.martinsmartinsfontes.com.br

AGRADECIMENTOS

Agradeço imensamente ao sr. Abdul Hadi Ayyad pelas excelentes introduções aos capítulos e ao dr. Mahmoud al-Hindi pelas legendas perspicazes dos cartuns; agradeço também ao sr. Mohammed al-Asaad e ao sr. Hani al-Haddad pela ajuda inestimável em todos os aspectos deste livro desde o primeiro esboço, inclusive na seleção dos próprios cartuns.

Também sou grato ao sr. Hani Mazhar pelas ideias relativas aos aspectos artísticos do livro e à seleção dos cartuns, ao sr. Faisal Ben Khadra pela edição de texto nas introduções dos capítulos e ao sr. Elias Nasrallah pelos comentários atenciosos sobre o projeto como um todo.

Khalid al-Ali

Março de 2009

SUMÁRIO

	Introdução	ix
UM	Palestina	1
DOIS	Direitos humanos	23
TRÊS	Domínio dos Estados Unidos, petróleo e conspiração árabe	43
QUATRO	O processo de paz	67
CINCO	Resistência	97

GLOSSÁRIO DA EDIÇÃO BRASILEIRA

Para manter os cartuns o mais próximo do original, os termos em inglês não foram traduzidos. Segue um pequeno glossário deles:

Do not disturb: Não perturbe
I: Eu
In: Dentro
Oil: Petróleo
OPEC: Opep
Out: Fora
Palestine: Palestina
Peace: Paz
PLO: OLP
The End: Fim
USA/US: EUA
Wanted: Procurado
We: Nós
White House: Casa Branca
Yes sir: Sim, senhor. (Trocadilho com o nome de Yasser Arafat)

INTRODUÇÃO

JOE SACCO

Tenho uma dívida com Naji al-Ali, o mais renomado dos cartunistas palestinos, assassinado em Londres alguns anos antes de eu ouvir falar dele. No início dos anos 1990, quando fiz minha primeira viagem para os territórios ocupados com o intuito de coletar material para o que seria a série de quadrinhos *Palestina: uma nação ocupada*, hesitei um pouco em contar aos meus anfitriões palestinos que eu retrataria as histórias deles em desenhos, na forma de cartuns. Será que pensariam que eu queria banalizar a opressão deles?

Eu não precisava ter me preocupado. Ao revelar o segredo da minha abordagem, uma expressão de entendimento geralmente se estampava naqueles rostos. *Claro! Nós tivemos o nosso cartunista! Naji al-Ali!* Pouco a pouco, nesses encontros, comecei a perceber que meu caminho havia sido bem pavimentado por esse homem, al-Ali. Falava-se sobre ele com um profundo respeito, que beirava a reverência. Alguém disse que *ele criticava todo mundo, os israelenses, a OLP, os regimes árabes. Ninguém sabe quem o matou. Todos tinham um motivo.* Fui apresentado ao seu personagem icônico Handala: uma criança palestina nitidamente desamparada, porém honrada, sempre de costas para o leitor, observando uma cena qualquer da crueldade israelense ou da hipocrisia dos árabes. *Handala representa o povo palestino. Ele somos nós.* Comecei a notar imagens de Handala em todos os lugares, presas com tachinhas nas paredes ou usadas como joias femininas. Numa ocasião, na casa de bloco de concreto de um refugiado, alguém apontou para um retrato emoldurado na parede. O pai de Handala, o próprio Naji al-Ali.

Al-Ali nasceu no vilarejo de al-Shajara, na Galileia, em 1936 ou 1937, e foi expulso, com centenas de milhares de outros palestinos, na guerra de 1948, que criou Israel. A família dele se estabeleceu no campo de refugiados de Ain al-Hilweh, no sul do

Líbano. Desalojado, crescendo no meio da esqualidez e das privações que, desde então, se tornaram o destino de muitos exilados palestinos, ele logo se tornou politicamente consciente. Tempos depois, afirmaria: "Assim que tive consciência do que estava acontecendo, de toda a destruição em nosso território, eu senti que precisava fazer algo para contribuir de alguma maneira". Ele deu vazão à frustração em passeatas e manifestações que o levaram à cadeia algumas vezes. Foi durante esses períodos atrás das grades, nas paredes das celas, que experimentou um método de autoexpressão mais apropriado à sua sensibilidade artística: desenhos políticos. Ele começou a enfeitar os muros do campo de refugiados da mesma maneira. Encorajado por outros que praticavam a mesma forma de arte, passou um curto período no Instituto Libanês de Artes, até ficar sem dinheiro. Assim como muitos palestinos talentosos no início da década de 1960, e sem muitos meios para dar vazão à criatividade, ele emigrou para o recém-independente Kuwait, que estava no meio do *boom* do petróleo. Lá trabalhou em diversas revistas até o início da década de 1970. Foi no Kuwait, quando sentiu que "adentrava uma vida de luxos", que ele fez os primeiros rabiscos de Handala, que, nas palavras do próprio al-Ali, "representava o palestino honesto que sempre estará na mente das pessoas". A própria ideia de criar um personagem que simbolizaria o palestino mais pobre e impotente deve ter apaziguado al-Ali, que via Handala como uma entidade moral distinta, "que me observa sem ser notado".

De volta ao Líbano, desenhando para o jornal *As-Safir*, Naji al-Ali colocava Handala no fundo dos cartuns, observando não só as cenas de opressão e violência de Israel, mas também as de corrupção e desigualdade dos árabes. Qualquer um que tratasse com arrogância os oprimidos do Oriente Médio se tornava alvo de al-Ali. Como ele mesmo dizia: "Meu trabalho consistia em defender as pessoas, o meu povo que está nos campos, no Egito, na Argélia, os árabes humildes de toda a região que têm poucos meios para expressar seus pontos de vista". Seus ataques mordazes eram sempre politicamente reveladores, mas foi Handala que os tornou especialmente significativos para a maioria dos leitores de al-Ali. "Na verdade, ele é feio, nenhuma mulher gostaria de ter um filho como ele", reconheceu al-Ali. Talvez por essa razão Handala tenha sido afetuosamente aceito como símbolo pelos palestinos mais pobres; ele os fazia lembrar-se de si próprios – destituídos, desprezados, os órfãos do Oriente Médio. Mas Handala também era algo mais – ele era *sagaz*.

Talvez a postura silente tenha sido o que fascinou os admiradores de Handala. Seus braços não estão posicionados em sinal de surpresa ou choque. Eles estão nas costas, com as mãos juntas, como se ele estivesse inspecionando. A postura de Handala diz: *Não se importe comigo. Estou bem ali no canto. Observando. Registrando. E sei exatamente o que vocês estão fazendo.*

Nos anos 1970, no Líbano, durante a guerra civil e sob o ataque israelense, al-Ali sentiu que estava no auge. "Eu enfrentava tudo isso, todos os dias, com minha caneta. Nunca senti medo, fracasso ou desesperança, eu não me rendia... Meu trabalho em Beirute me aproximou mais uma vez dos refugiados nos campos, dos pobres e dos hostilizados." No entanto, em 1982, Israel invadiu o Líbano com o intuito de aniquilar de uma vez por todas a OLP. Centenas de refugiados palestinos foram massacrados pelos libaneses cristãos aliados de Israel nos campos de refugiados de Sabra e Chatila, em Beirute, enquanto o exército israelense isolava a área. Al-Ali ficou arrasado e voltou para o Kuwait. Em alguns cartuns, Handala perdeu a serenidade e ergueu os braços em fúria. Atirou pedras. O trabalho de al-Ali enfureceu as elites árabes durante um bom tempo. Ele foi expulso do Kuwait e se mudou para Londres.

A essa altura, al-Ali era famoso. Seus cartuns apareciam em todo o mundo árabe e em Londres. Ele continuava bombardeando os opressores e privilegiados do Oriente Médio, apesar das ameaças de morte. Em 22 de julho de 1987, um agressor lhe deu um tiro na cabeça enquanto caminhava para o escritório londrino do jornal *Al-Qabas*, do Kuwait. Ele ficou em coma durante cinco semanas, até morrer. Tinha cerca de 50 anos. A identidade do assassino nunca foi descoberta.

Naji al-Ali continua um herói no mundo árabe, particularmente para os palestinos, que pronunciam seu nome com a mesma ternura com que mencionam seus grandes poetas. Sua figura icônica, Handala, ainda é um símbolo palestino vigoroso, e o será por muito tempo. Infelizmente, como as válvulas da violência e do desespero do Oriente Médio continuam abertas, ainda há muita coisa para Handala ver.

Joe Sacco

Janeiro, 2009

I

PALESTINA

"As obras de Naji al-Ali eram como uma bússola que sempre apontava para a Verdade; e a verdade sempre será a Palestina."

Com essas palavras, Ahmad Matar, poeta iraquiano e amigo de longa data de Naji al-Ali, descreveu a importância do cartunista para seus leitores árabes. Quem não conhece o que foi feito ao povo nativo da Palestina durante a primeira metade do século XX talvez ache impossível entender não só os cartuns de Naji al-Ali, mas toda a situação do Oriente Médio hoje. A partir do final do século XIX, o movimento nascente do sionismo buscou estabelecer em toda a Palestina histórica um Estado exclusivamente judeu, desprezando completamente os direitos inalienáveis do povo palestino à pátria. O que estava prestes a se tornar o Estado de Israel estabeleceu tanto um sistema de planejamento econômico centralizado, que privava os palestinos nativos da terra, dos recursos e da oportunidade econômica, quanto um controle cultural total do país. Isso culminou em uma cadeia de ataques aterrorizantes nas cidades palestinas e em uma expulsão em massa da população nativa palestina por um projeto de colonização sionista que, naquela época, estava militarmente bastante avançado. Mas os palestinos que foram retirados à força de seu país e se tornaram refugiados não encontraram alívio e nenhum novo lugar para chamar de casa. Em vez disso, a comunidade palestina, que até 1948 – ano do final do Mandato Britânico e do início de Israel – constituía uma sociedade complexa e vibrante, foi forçada a reconstruir sua vida nos campos formados nos países vizinhos e administrados pelas Nações Unidas – o mesmo órgão que possibilitou o estabelecimento de Israel.

Deixando a Palestina ainda crianças, Naji e seus compatriotas da época se lembravam o suficiente do país para torná-lo real para os sentidos – memórias do aroma das árvores cítricas, imagens das casas de pedra e dos campos de agricultura. Para eles, a Palestina não era uma pátria de memória coletiva, como viria a ser para as gerações posteriores de palestinos desalojados. Contudo, para al-Ali, assim como para os outros, ter sido expulso quando criança significava que sua experiência da Nakba, ou "desastre" palestino de 1948, ficara gravada em sua mente da forma mais simples e nítida possível. Como o próprio cartunista ressaltou diversas vezes, essa é a razão pela qual Handala sempre foi retratado como um garoto de 11 anos; e também é claramente a razão da intensa clareza moral do trabalho de al-Ali.

Acompanhar os cartuns diários de al-Ali era um convite para ver o mundo através dos olhos de um palestino refugiado, jovem e rebelde. Com uma grande clareza moral, seus desenhos nunca tinham o intuito de deixar os outros confortáveis. Ao contrário, o objetivo era ser sempre uma crônica verdadeira e direta do sofrimento dos refugiados palestinos. Depois de aguentar as restrições muitas vezes rigorosas impostas sobre eles nos vários países árabes após 1948, seu povo observou, de longe, o resto do país ser engolido por Israel em 1967. Enquanto a entidade sionista continuava construindo colônias ilegais nas terras palestinas ocupadas, os regimes dos Estados árabes vizinhos não conseguiam oferecer aos refugiados palestinos um abrigo temporário decente ou agir como partidários genuínos da causa deles.

No meio disso tudo, Handala coloca-se como um observador perene e imutável. Embora os princípios surpreendentemente maleáveis do direito internacional tenham feito exigências cada vez menores em favor dos palestinos, Handala nunca se esqueceu da Palestina de sua infância. Como al-Ali deixa claro, ele nunca teve a permissão de crescer, porque lhe conceder esse direito seria tornar aceitável a difícil situação dos refugiados. Tomando emprestada uma história comum aos refugiados palestinos da geração de al-Ali, eles não tinham permissão de colher laranjas das árvores que não fossem deles.

Os cartuns deste capítulo revelam mais do que a visão clara e inflexível de uma criança. De diferentes formas, eles também representam uma declaração inocente e inabalável da recusa dos palestinos a desaparecer e de sua persistência em escrever e narrar sua própria história.

PALESTINA **3**

Quando foram expulsos de Israel em 1948, os palestinos guardaram as chaves de casa. Aqui, Handala sonha com sua pátria; as chaves, presas em arame farpado, significam a negação de Israel ao direito palestino de retorno (janeiro, 1974)

Jesus é palestino, diz Naji al-Ali; como todo o povo palestino, ele também sonha em retornar para sua casa em Belém (abril, 1982)

Um dia, a cerca de arame farpado que separa os palestinos de sua pátria será transformada, e o sofrimento do povo palestino chegará ao fim (março, 1981)

As lágrimas de uma mãe curam seu filho, mutilado em um ataque israelense (julho, 1981)

Al-Ali estabelece um paralelo entre os palestinos e as provações de Cristo, com uma interpretação moderna e palestina do tema da Virgem com o Menino Jesus. O acréscimo de uma lua crescente significa o sofrimento igual dos cristãos palestinos e dos muçulmanos (dezembro, 1984)

As vítimas de um ataque israelense se esforçam para resistir ao inimigo e defender seus direitos (julho, 1982)

Embora o arame farpado represente a dura realidade para uma mulher palestina em lágrimas, ainda assim ela se apega à esperança (janeiro, 1987)

As tranças de uma garota palestina, fincadas na cruz, representam o sofrimento interminável dos refugiados palestinos (sem data)

Os filmes chegam ao fim, mas a realidade do sofrimento palestino está sempre presente (julho, 1980)

Os vistos concedidos aos refugiados palestinos basicamente os conduziam a prisões no exílio (julho, 1986)

Distanciamento, saudades de casa, alienação... O cemitério da diáspora palestina (julho, 1986)

Assentamentos israelenses ilegais e apropriação indevida da terra palestina. Protegendo sua muda de planta (meio de subsistência), um agricultor palestino é extirpado por uma escavadeira israelense (novembro, 1980)

A "seleção de futebol" dos países árabes, vestindo as cores da bandeira dos Estados Unidos e a resolução 242 da ONU, tenta marcar um gol em um muro israelense (setembro, 1983)

O líder palestino proclama a vitória na mídia; enquanto isso, em um prenúncio do Muro de Separação, Israel continua se apropriando da terra palestina e construindo assentamentos ilegais (janeiro, 1984)

PALESTINA 17

Nenhuma entrada para a sala de negociações: os assentamentos israelenses ilegais nas terras ocupadas da Palestina selam o destino das negociações de paz (dezembro, 1978)

(Da dir. para a esq.) "Conferência Internacional da Paz em andamento": enquanto isso, a apropriação ilegal de terra e a construção de assentamentos continuam sem controle, criando "fatos que não existem" israelenses (março, 1987)

Um prisioneiro político fazendo greve de fome é consolado por uma poupa, símbolo da liberdade, sob o olhar observador de um carcereiro israelense (abril, 1987)

Camponeses palestinos lavram a terra ocupada pelos israelenses com uma AK-47, espalhando sementes em forma de coração para simbolizar sua resistência, devoção e sentimento de integração (abril, 1987)

Vamos retornar: uma criança palestina veste as botas de combate do pai para continuar a luta (dezembro, 1978)

2
DIREITOS HUMANOS

Sem a possibilidade de retornar para sua antiga pátria, os refugiados palestinos (entre eles Naji al-Ali), agora espalhados por todos os países limítrofes e mais além, conseguiam estabelecer paralelos entre sua situação e a dos povos vizinhos. Em uma região em que a mídia é firmemente policiada, o sectarismo e a discriminação contra as mulheres são excessivos, e a classe trabalhadora é impedida de se organizar livremente; ser um palestino era uma entre outras razões para uma pessoa ser oprimida. Muitos inimigos da causa palestina ressaltam essas limitações centenárias nas sociedades árabes, sugerindo que qualquer Estado palestino estaria repleto dos mesmos problemas. Naji al-Ali manteve-se um contraexemplo dessa linha de raciocínio: além de ser um palestino patriota, ele se dedicava intensamente a retratar o sofrimento infindável das massas que o cercavam. As atribuições kafkianas dos prisioneiros políticos no mundo árabe, a pena de morte e a pobreza extrema da maioria avassaladora dos árabes bem ao lado da riqueza do petróleo do Golfo: todos esses temas passaram por sua pena afiada.

Al-Ali era raro entre os partidários políticos no mundo árabe. Ele se dedicava obstinadamente aos ideais políticos sem participar de nenhuma organização específica, embora tenha sido um defensor conhecido da causa pan-arabista desde o início da década de 1950. Em uma região marcada pelo controle governamental da imprensa, al-Ali ousou direcionar sua crítica para onde ela era devida. Seu trabalho mostrava claramente como os governantes e os escalões mais altos das sociedades árabes, em conluio com os teocratas que fomentavam códigos penais medievais e com os Estados Unidos, que interferiam constantemente, conspiravam direta e indiretamente para gerar a terrível situação dos direitos humanos nos países árabes.

O que torna os desenhos de Naji al-Ali verdadeiramente notáveis é sua atemporalidade: sua relevância parece, no mínimo, ter crescido em vez de diminuído com o tempo. Isso se deve muito à extraordinária capacidade de al-Ali de transmitir, com pena e tinta, o complexo espectro dos problemas que afligem os árabes, enquanto permanece firme em sua determinação com a causa palestina. Completamente em sintonia com essas causas e exigências, al-Ali usou sua arte para mobilizar o público árabe ao seu redor.

Embora cartuns políticos não sejam claramente armas de guerra, os desenhos de al--Ali deixam absolutamente explícita a necessidade urgente de conseguir uma mudança radical no Oriente Médio por meio de tipos diferentes de resistência. A essência consideravelmente rica e complexa da vida no Oriente Médio também efervesce em seus cartuns, levantando algumas questões perturbadoras para o leitor.

Onde estão os limites do engajamento? Até onde podem ir os pobres quando são colocados em dificuldades? Que reivindicações podem fazer os árabes pobres em relação à riqueza mineral enterrada sob o solo de suas pátrias? Como se atinge a libertação nacional quando a nação que luta pela liberdade priva grande parte de seu povo dos direitos humanos básicos? Por mais vagas e indefinidas que sejam essas questões na mente de muitas pessoas, Handala orgulhosamente declara estar preparado para agarrar seu Kalashnikov e encontrar as respostas.

DIREITOS HUMANOS

O povo árabe, anônimo e desconhecido, é criminalizado por seu próprio regime – seu único crime é a exigência dos direitos humanos básicos (julho, 1980)

Handala percebe o que a elite governante no mundo árabe quer dizer quando fala em "diálogo democrático"; o homem comum foi calado pelos líderes políticos da forma mais cruel possível (dezembro, 1976)

DIREITOS HUMANOS   **27**

Repúdio à pena de morte: um pássaro poupa chora enquanto derruba a forca a bicadas (janeiro, 1985)

Repúdio à amputação como pena pelo crime de furto: a charia ainda está presente em alguns países da região (julho, 1985)

DIREITOS HUMANOS 29

Cidadãos árabes que exigem seus direitos são uma ameaça aos olhos dos poderosos (setembro, 1980)

Escrita no muro: Naji exige liberdade para todos os presos políticos nas prisões em Israel e no mundo árabe (dezembro, 1979)

DIREITOS HUMANOS **31**

Manchetes declaram "diálogo democrático"; um homem árabe comum observa, incrédulo, seu governante repousando sob uma placa que diz claramente: "Não perturbe" (novembro, 1984)

(Da dir. para a esq.) Ontem, hoje, amanhã: os direitos das mulheres são reprimidos pelas elites árabes conservadoras (janeiro, 1985)

DIREITOS HUMANOS **33**

Handala posiciona-se na divisa entre mulheres árabes sentadas, com e sem véu, enquanto elas se olham de forma desconfiada (sem data)

As elites governantes do mundo árabe fazem um banquete, atacando um pobre homem que ousa reivindicar sua parte (janeiro, 1984)

DIREITOS HUMANOS **35**

Live Aid? Handala observa a ajuda dos Estados Unidos entregue às vítimas da fome na Etiópia ser trocada pelo domínio e pela influência política na região (novembro, 1984)

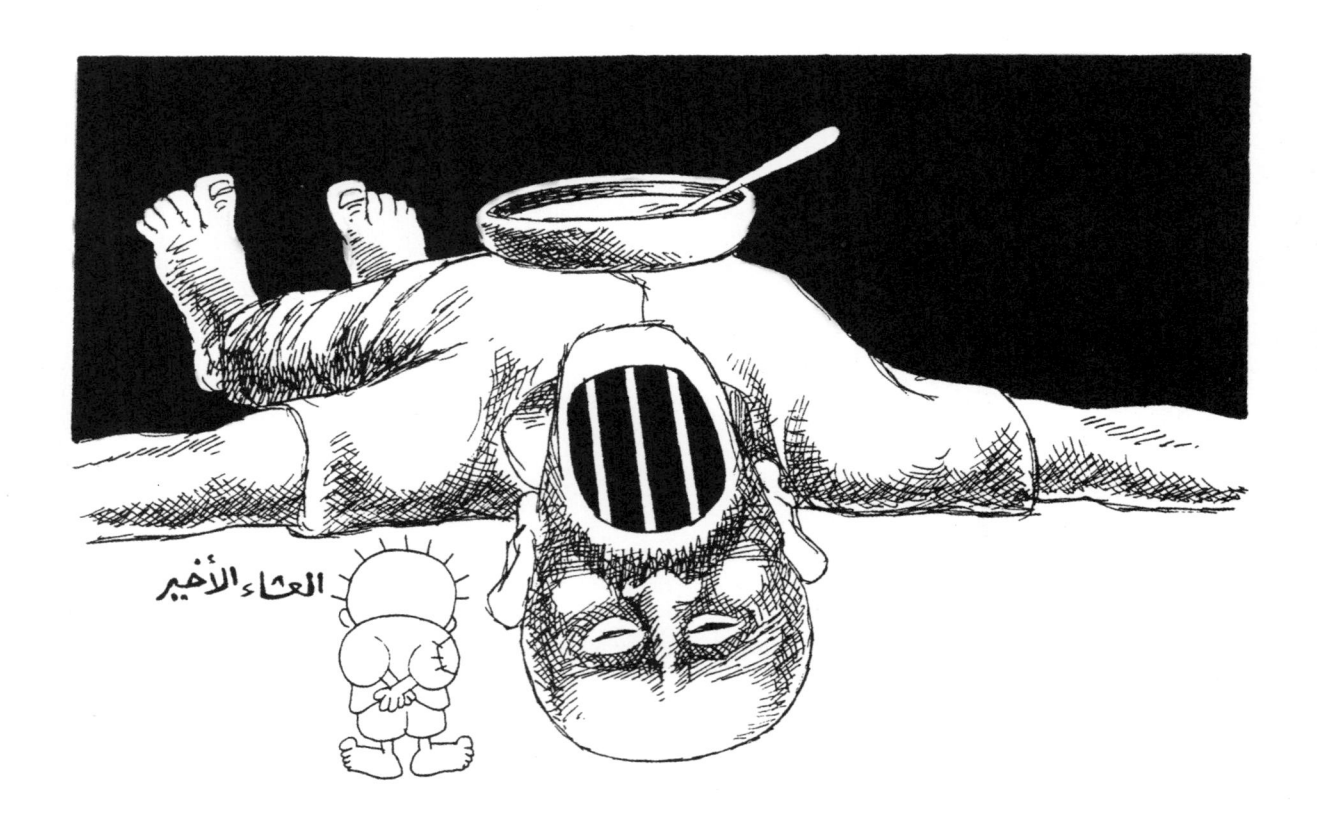

"A Santa Ceia": fome e privação de liberdade para as massas crucificadas do mundo árabe (abril, 1980)

DIREITOS HUMANOS **37**

Líderes árabes do Golfo, do Levante e da África do Norte (de capuz) amontoam cruzes nas costas de um árabe comum extremamente sobrecarregado (abril, 1982)

Handala e sua família vivem em Ain al-Hilweh, no Líbano, um campo de refugiados palestinos identificado por uma placa. Em um antigo jornal, lê-se a manchete: "O papel do petróleo no conflito"; no entanto, dos lucros exorbitantes advindos do petróleo, tudo o que os refugiados obtêm são barris descartados que lhes servem de abrigo (maio, 1984)

DIREITOS HUMANOS **39**

Embora muitos ocidentais vejam o petróleo como fonte de influência política para os Estados árabes, na realidade, a política do petróleo acorrenta os árabes pobres (outubro, 1984)

Mandachuvas poderosos e irresponsáveis do mundo árabe fogem da realidade opressora dos campos de refugiados, simbolizada aqui pelos retalhos das roupas usadas pelos exilados (julho, 1975)

Soberanas de tudo que contemplam, as elites árabes questionam, temerosas, se o trabalho sisifista dos pobres chegará um dia a derrubá-las (junho, 1975)

A luta armada é a forma de erradicar a fome, pensa Handala (maio, 1981)

3
DOMÍNIO DOS ESTADOS UNIDOS, PETRÓLEO E CONSPIRAÇÃO ÁRABE

A Nakba palestina coincidiu com a profusão dos dividendos do petróleo em uma área mais ampla do Oriente Médio. Recém-exilados de suas propriedades agrícolas, vilarejos e cidades, muitos palestinos se esforçaram para reconstruir sua vida nos Estados árabes do Golfo. Principalmente no Kuwait – onde as elites locais organizavam o apoio ao movimento palestino desde 1936 –, esses exilados palestinos, além de exercer um papel estrutural considerável em uma parte estrategicamente importante do mundo, contribuíram para a radicalização política de uma geração de árabes. Foi nesse cenário que Naji al-Ali caminhou quando se mudou para o Kuwait em 1963, para trabalhar no radical semanário kuwaitiano *al-Taleea (A Vanguarda)*. Porém, os laços que ele tinha com o Líbano e palestinos que lá viviam, principalmente no campo de refugiados de Ain al-Hilweh, perto de Sidon, levaram-no a muitas idas e vindas entre os dois países durante vários anos.

No final da década de 1960 e início da década de 1970, os Estados Unidos interessaram-se cada vez mais pelo Kuwait, cuja sociedade se tornou mais consumista, embora fosse, ao mesmo tempo, um centro de apoio para os movimentos revolucionários da Palestina na época. Talvez tenha sido seu conhecimento direto do Kuwait o que ajudou Naji a desenvolver uma visão mais clara e mais ampla da situação do mundo árabe e, especificamente, do papel do petróleo na formação do futuro da região.

Para um número cada vez maior de árabes na época, o petróleo não era a bênção econômica que parecia ser nas décadas anteriores. Embora muitas das reservas petrolíferas mundiais estivessem localizadas nos Estados árabes da região do Golfo, as economias industriais, cuja demanda por petróleo deu ao produto o seu valor, não faziam parte do cenário árabe. O que os árabes chamavam de *napht* nos séculos passados podia surgir do solo dos países árabes – mas sua produção, sua demanda, seu preço e, por fim, seu controle eram determinados pelos governos e pelas empresas multinacionais do Ocidente. Mesmo depois que os duros esforços rumo à nacionalização deram resultado, a dependência institucional na tecnologia, no capital e, em alguns casos, na força de trabalho do Ocidente é claramente visível em toda a região.

Para al-Ali, o que piorou a situação que já era ruim foi a forma como o apetite voraz pelos recursos naturais árabes foi combinado com outros interesses na região. Esses interesses, na visão do cartunista, ficaram evidentes no incondicional apoio diplomático e militar do Ocidente a Israel, em detrimento de seus vizinhos árabes. Se considerarmos que os limites modernos entre os Estados-nação do Oriente Médio, em um ato de arrogância imperial, foram definidos por dois burocratas, um francês e outro inglês, depois da Primeira Guerra Mundial, fica fácil compreender por que as forças ocidentais têm se contraposto constantemente a qualquer forma de unidade na região, promovida pelo dinamismo nacionalista independente. Também é possível ver por que em todo o mundo árabe as pessoas podiam detectar a interferência dos Estados Unidos sempre que ela ocorria e tinham um vocabulário pronto para descrevê-la. De certo modo, o tempo só serviu para salientar a importância dos cartuns de al-Ali, pois a realidade das ambições imperialistas dos Estados Unidos, que hoje não mais enfrentam um adversário da Guerra Fria na região, foi revelada.

Os cartuns deste capítulo são notáveis por sua capacidade de enunciar com grande clareza o que milhões só conseguiam conceber em termos mais vagos. Aqui, nós vemos mais uma vez a independência do espírito de al-Ali. Ele nunca se curvou diante dos ditames de qualquer instituição política e nunca se deixou enganar pela sugestão de que os Estados Unidos alimentavam as chamas da catastrófica Guerra Irã-Iraque em 1980-1988 em defesa da nação árabe. Naji al-Ali entendia que os Estados Unidos tentavam controlar a região e por que tentavam. Com Handala, Naji al-Ali nos convida a observar de que maneira um líder árabe confuso tenta seguir a direção em que o vento sopra a bandeira dos Estados Unidos. Já que não somos capazes de mudar a dinâmica do comércio global do petróleo, nós podemos pelo menos ser testemunhas honestas da forma como as elites governantes do mundo árabe negociaram os recursos e a soberania de seus países em troca da proteção ocidental de seus regimes.

DOMÍNIO DOS ESTADOS UNIDOS, PETRÓLEO E CONSPIRAÇÃO ÁRABE **45**

O petróleo árabe agora chega aos aviões de guerra israelenses: a política do petróleo é um nó que amarra a possibilidade da mudança progressista (junho, 1981)

E o prêmio pelo controle da abundância do petróleo árabe vai para… os Estados Unidos, seguidos pela França e pelo Reino Unido (fevereiro, 1980)

DOMÍNIO DOS ESTADOS UNIDOS, PETRÓLEO E CONSPIRAÇÃO ÁRABE

Os xeiques do Golfo pensam que os barris de petróleo bruto os manterão na superfície – mas eles acabarão afundando por causa do pacto com os Estados Unidos (março, 1975)

Handala está resoluto diante de um bombardeio conjunto: espadas árabes, petróleo árabe e munições israelenses (agosto, 1982)

À medida que o conflito regional (Guerra Irã-Iraque) se alastra, a força petrolífera escorre para os Estados Unidos; enquanto isso, Israel domina o horizonte (sem data)

Os tambores da guerra: encolhido em um canto, um representante da opinião pública árabe lê sobre a Guerra Irã-Iraque – é evidente quem está tocando os tambores (agosto, 1984)

DOMÍNIO DOS ESTADOS UNIDOS, PETRÓLEO E CONSPIRAÇÃO ÁRABE

Quando Tio Sam vê o Oriente Médio (Guerra Irã-Iraque) pegando fogo, ele usa um guarda-chuva para garantir que a água não apague as chamas (outubro, 1980)

A influência e a intervenção dos Estados Unidos levam à destruição da terra árabe. Aqui, Naji mostra como os Estados Unidos foram os principais beneficiários da Guerra Irã-Iraque (sem data)

Abraço mortal: os Estados Unidos distribuem suas tropas no Golfo sob o pretexto de proteger a segurança dos árabes (fevereiro, 1982)

A destruição do Irã e do Iraque pelos mísseis e pela política dos Estados Unidos: somente os Estados Unidos escaparam ilesos. Na época, a visão cética de al-Ali sobre a Guerra Irã-Iraque era praticamente única no Kuwait, onde ele trabalhava (outubro, 1980)

DOMÍNIO DOS ESTADOS UNIDOS, PETRÓLEO E CONSPIRAÇÃO ÁRABE **55**

Entrelaçadas, as máquinas de guerra dos Estados Unidos e de Israel exercem o controle pela violência (agosto, 1981)

Âncora solta: a presença dos Estados Unidos no Oriente Médio – personificada pelos onipresentes navios de guerra – destrói a chance de uma paz justa no mundo árabe (julho, 1980)

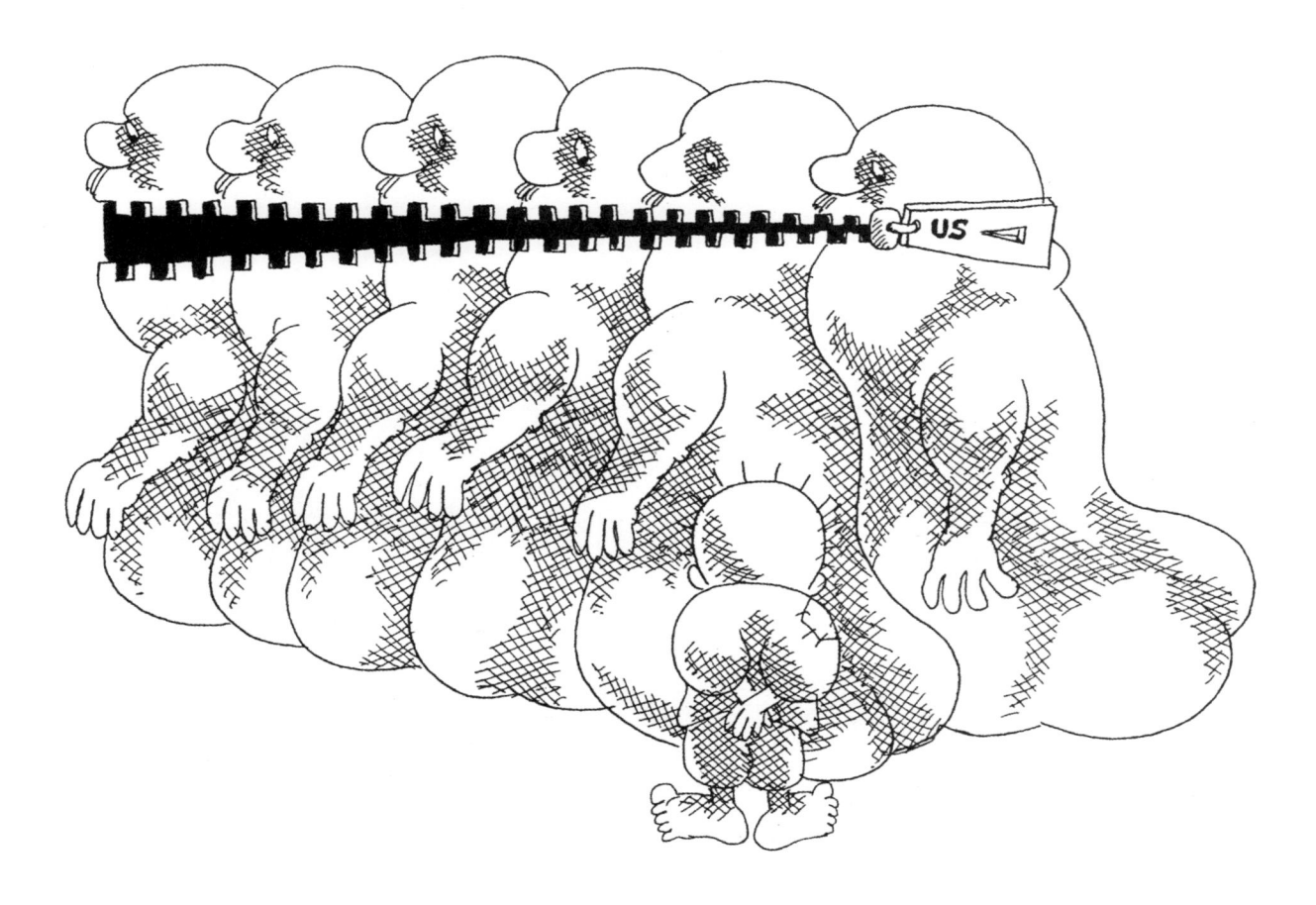

DOMÍNIO DOS ESTADOS UNIDOS, PETRÓLEO E CONSPIRAÇÃO ÁRABE **57**

Os Estados Unidos controlam a retórica dos governantes árabes, dizendo o que podem e o que não podem falar (novembro, 1985)

Os "líderes árabes moderados", como o Ocidente gosta de descrevê-los, costumam dizer que os Estados Unidos "têm as chaves" para os problemas do Oriente Médio. Handala consegue ver claramente como os Estados Unidos planejam abrir essas portas (sem data)

Na cama com Ronnie: Ronald Reagan puxa uma parte maior do mundo para os Estados Unidos, enquanto Mikhail Gorbachev, desamparado, segura a sua sem a menor esperança (outubro, 1986)

As listras da bandeira americana incapacitam e sufocam o árabe oprimido (maio, 1971)

DOMÍNIO DOS ESTADOS UNIDOS, PETRÓLEO E CONSPIRAÇÃO ÁRABE   61

A sombra lançada pela elite árabe governante prostra-se em obediência à Casa Branca (fevereiro, 1973)

Líderes árabes se reúnem para ver que formas o Tio Sam vai desenhar com um compasso – e observar, espantados, como o Estado de Israel é implantado no meio deles. Os limites atuais da região foram desenhados pelos mandarins coloniais (março, 1980)

DOMÍNIO DOS ESTADOS UNIDOS, PETRÓLEO E CONSPIRAÇÃO ÁRABE

Ao sabor do vento: por mais que tentem, as elites árabes não conseguem compreender a política dos Estados Unidos no Oriente Médio (março, 1983)

As elites árabes acreditam que detêm a chave da Casa Branca – mas ela tem muitas fechaduras (agosto, 1978)

DOMÍNIO DOS ESTADOS UNIDOS, PETRÓLEO E CONSPIRAÇÃO ÁRABE   **65**

Enquanto a liderança árabe, obesa e incompetente, remodela a região na forma de sua própria fantasia, sob a sombra de um guarda-sol americano, Handala vê que, na verdade, são os Estados Unidos que consumam a relação com essa noiva fictícia (junho, 1978)

4
O PROCESSO DE PAZ

Assim como grande parte do trabalho de al-Ali, seus cartuns sobre as tentativas infindáveis de aplacar a volatilidade do Oriente Médio parecem ganhar validade e poder com a passagem do tempo. Depois que um número cada vez maior de políticos palestinos dentro da OLP assumiu o direito de falar em nome de seu povo, e depois abriu mão cada vez mais dos direitos desse povo, Naji al-Ali continuou firmemente ligado à Palestina de sua infância. Ele continuou fiel à sua compreensão de que não poderia haver paz sem uma resolução da questão fundamental em jogo: os refugiados palestinos e seu direito inalienável de retornar à terra de onde foram desalojados.

Exibindo uma perspicácia política rara para um artista, al-Ali entendia perfeitamente que não se podia confiar nos grandes e poderosos do mundo para defender os direitos dos palestinos. Surpreendentemente, ele também percebeu, como mostram claramente os cartuns deste capítulo, o próprio papel pessoal enganoso desempenhado por Henry Kissinger na política da região. Em relação ao mundo árabe considerado de forma mais ampla, al-Ali também foi um profeta. Ele não acreditava que os Estados árabes, com sua recém-adquirida prosperidade petrolífera, e seus aliados seriam capazes de garantir um tratado de paz para os palestinos. De certa forma, as ações de Israel e a cumplicidade do regime egípcio serviram para corroborar essa visão.

Depois de assinar um tratado de "paz" com o Egito, com a ajuda dos Estados Unidos, Israel invadiu o sul do Líbano em 1978. Tal fato foi seguido por outra invasão, em 1982, até Beirute, capital do Líbano, que acarretou atrocidades terríveis contra os palestinos e libaneses no processo. Quando se esperava que o Egito defendesse os direitos dos refugiados palestinos despojados, aquela que antigamente foi a principal liderança árabe abandonou seu compromisso com os povos libanês e palestino. Em outras palavras, Israel estava tentando estabelecer a paz por meio da violência, tentando garantir a docilidade dos palestinos, que eram inconvenientes à sua existência. Dispostos a garantir o apoio dos Estados Unidos, os governantes árabes estavam contentes em permanecer em silêncio; desprovidos de coragem e imaginação de estadistas, eles foram feitos de gato-sapato pelos israelenses.

Isso seria compreensível dentro do contexto dos acordos internacionais entre os Estados supostamente soberanos. Contudo, para muitos outros em toda a região, o silêncio dos líderes árabes era o mesmo que cumplicidade: fazendo nada, eles eram efetivamente cúmplices do crime. Foi a esse sentido inato e difundido de justiça que al-Ali aderiu e no qual confiaram os refugiados árabes, como Handala, dada a incapacidade ou relutância de seus líderes em assumir sua causa.

No entanto, do momento mais sombrio dos palestinos surgiram novas possibilidades. Em dezembro de 1973, um processo de paz em Genebra, do qual os palestinos foram excluídos, não conseguiu decapitar a OLP como liderança legítima dos palestinos nem silenciou as demandas desse povo por justiça em sua pátria. Diante da força opressora, os *fedayin* da OLP conseguiram deter um ataque israelense em Beirute. Mesmo quando os combatentes da resistência armada foram evacuados para países árabes remotos, em setembro de 1982, o movimento palestino nacional não acabou – como muitos queriam e esperavam. Em vez de um povo palestino derrotado e complacente prostrando-se diante de Israel, as massas de pessoas na Faixa de Gaza e na Cisjordânia conduziram a intifada palestina de 1987 e, enfaticamente, puseram fim na ideia de que os palestinos iriam partir.

O PROCESSO DE PAZ **69**

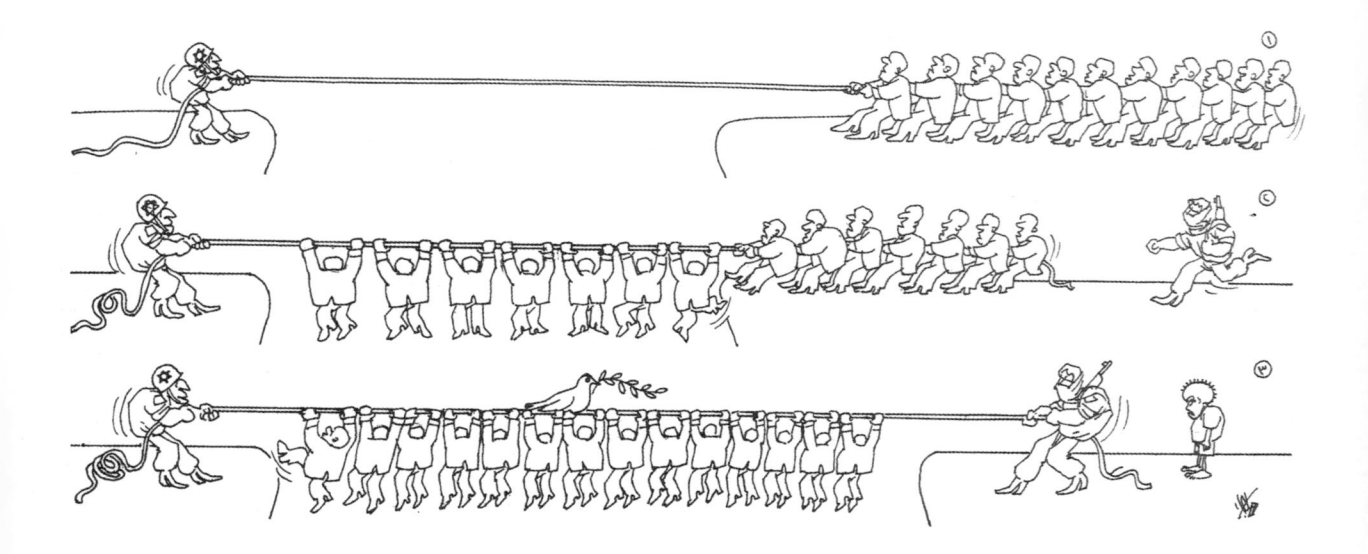

Um guerrilheiro palestino corre para ajudar os inúmeros governantes árabes que brincam de cabo de guerra com Israel, só para vê-los se render – e ver a si próprio segurando a corda (janeiro, 1970)

Um governante árabe desenrola o "tapete vermelho" dos Estados Unidos, enquanto outros governantes árabes competem para fazer parte do comitê de boas-vindas em homenagem à chegada de Israel. Handala e seus irmãos observam com horror (maio, 1970)

O PROCESSO DE PAZ   **71**

Henry Kissinger retorna de sua diplomacia de mediação para o mundo árabe depois da Guerra Árabe-
-Israelense de 1973, tendo subjugado o embargo do petróleo (outubro, 1974)

Usando o barril para estender o tapete: Kissinger seduz os árabes com falsas esperanças de paz; os xeiques do petróleo estão felizes demais para dar as boas-vindas à influência dos Estados Unidos na região (fevereiro, 1975)

O PROCESSO DE PAZ   **73**

Kissinger, o mágico, tira da cartola uma coruja preta (no mundo árabe, um mau presságio) segurando no bico um ramo de oliveira (março, 1975)

Paz construída com base na rendição. A pomba da paz faz ninho em um capacete pendurado no cabo de um rifle abandonado (março, 1976)

O PROCESSO DE PAZ   **75**

Enquanto Anwar al-Sadat, presidente do Egito, senta-se na mesa de negociação em Camp David, Israel ordenha secretamente os direitos do povo palestino (fevereiro, 1979)

"Autonomia" para os palestinos (janeiro, 1980)

O PROCESSO DE PAZ   **77**

Enquanto milhões de árabes comuns lutam para não afundar, os xeiques árabes que governam as regiões petrolíferas fantasiam uma vida de excessos (fevereiro, 1975)

O demônio inverte o ritual anual de apedrejamento durante a peregrinação do Hajj, dando uma pedrada certeira em um mandachuva árabe. Handala, vestindo trajes de Hajj, regozija-se (dezembro, 1974)

O PROCESSO DE PAZ **79**

Toque de silêncio: Handala chora enquanto soa a corneta para honrar os mártires muçulmanos e cristãos da Guerra Civil Libanesa (março, 1976)

Refugiados libaneses do sul juntam-se ao êxodo de sua pátria depois da destruição provocada pela máquina de guerra israelense (abril, 1974)

O PROCESSO DE PAZ **81**

Handala continua provocador e ileso, enquanto os bombardeios israelenses eliminam qualquer esperança de luta pela paz (julho, 1982)

Ao invadir o Líbano na "Operação Paz para a Galileia", Israel assassinou a paz. A morte, na forma de corvos, espalha-se por toda a terra abandonada (abril, 1983)

O PROCESSO DE PAZ **83**

No meio das ruínas do Líbano, depois da invasão de Israel, em 1982, folhas novas crescem em torno de Handala enquanto ele se volta para encarar o leitor, balançando solenemente as bandeiras da Palestina e do Líbano (julho, 1982)

Enquanto a OLP é expulsa de Beirute, em setembro de 1982, um cardume de peixes no formato de um corpo humano nada na direção oposta carregando uma chave – símbolo do direito de retorno dos palestinos (dezembro, 1983)

O PROCESSO DE PAZ   **85**

Handala sabe que os israelenses podem até ocupar o Líbano por ora, mas os libaneses irão recobrar sua soberania (julho, 1982)

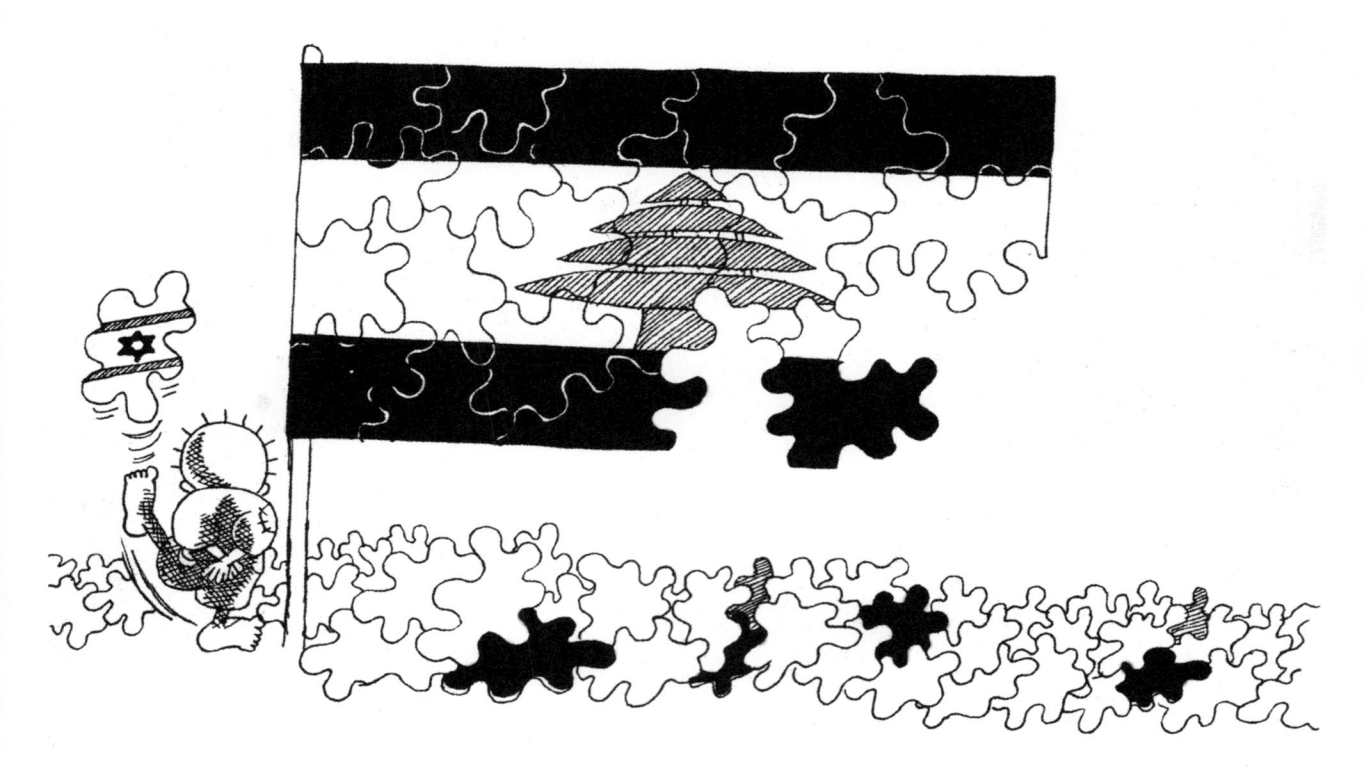

O Líbano pode ser um quebra-cabeça de fidelidades e alianças rompidas, mas nele não há lugar para Israel (março, 1983)

O PROCESSO DE PAZ   **87**

Durante os massacres de Sabra e Chatila, mulheres foram vítimas de abusos terríveis. Aqui, Handala devolve a dignidade aos mortos com um lenço palestino, ou *keffiyeh* (maio, 1983)

Órfãos confortam-se no cemitério de Sabra e Chatila (junho, 1985)

O PROCESSO DE PAZ **89**

De cabeça para baixo, de trás para a frente: governantes do mundo árabe discutem quem melhor representa os interesses dos Estados Unidos na região. Nenhum deles sabe de nada – eles mal conseguem erguer a bandeira dos Estados Unidos de forma correta (outubro, 1984)

A metáfora de uma pessoa tocando outra como se fosse um instrumento qualquer é universal. Handala coloca-se na plateia enquanto Israel usa líderes desafortunados e deformados para sua orquestra de percussão (março, 1985)

O PROCESSO DE PAZ **91**

Israel espera presunçosamente um oponente no ringue, mas seus rivais, os líderes árabes, estão muito ocupados lutando entre si. Intencionalmente, esse cartum não enuncia a crença árabe comum de que disputas como essas sejam uma conspiração externa – apenas diz que Israel é o beneficiário delas (abril, 1980)

Operários palestinos servis e governantes árabes, que alegam lealdade eterna ao "Yes sir" Arafat, na verdade estão se submetendo a Israel (sem data)

O PROCESSO DE PAZ **93**

A marca registrada de Yasser Arafat, o sinal do "V de vitória", esconde a realidade da capitulação (janeiro, 1984)

Uma adaptação do mito de Rômulo e Remo mostra a conivência do regime egípcio com a destruição da Palestina. A loba americana, cobrindo as pirâmides, devora a parte palestina, enquanto a parte israelense mama nas tetas de pirâmide (janeiro, 1985)

O PROCESSO DE PAZ **95**

Dê a eles corda suficiente: para os governantes árabes, as negociações de paz e as resoluções da ONU são paraquedas de segurança – tarde demais, eles descobrem que, ao tentar escapar, acabam com a corda no pescoço (novembro, 1985)

5
RESISTÊNCIA

Como outros artistas que trabalham não só por razões pessoais, mas como meio de despertar a consciência e a liberação nacional, Naji al-Ali trouxe para o seu trabalho uma clareza autêntica. A resistência palestina aos sionistas assumiu, desde o início, formas artísticas e estéticas. Depois de terem sido derrotados por um inimigo que sempre gozou de uma superioridade militar patrocinada pelo Ocidente, a necessidade dos palestinos de uma cultura visual era fortemente sentida nos primeiros dias da Nakba. Talvez mais do que qualquer outra arte visual palestina, os desenhos de al-Ali rapidamente se tornaram um exemplo para o movimento palestino dentro do mundo árabe como um todo. Lidando com a realidade dos refugiados palestinos e transmitido por meio de jornais impressos, o trabalho de al-Ali era capaz de ir além dos salões de literatura e de atingir a consciência do público. A necessidade de Handala tornou-se particularmente aparente quando a primeira geração de palestinos nascidos como refugiados veio ao mundo. Se o processo de restabelecer a Palestina histórica, do rio ao mar, estava prestes a se transformar em uma luta multigeracional, então era preciso confiar no jovem sempre vigilante para sustentar a chama. Nesse sentido, a obra de al-Ali foi uma extensão do trabalho desenvolvido pelos artistas palestinos das gerações anteriores, cujos esforços foram iniciados para assumir uma abordagem mais "moderna" da década de 1950 em diante.

A vida de al-Ali foi interrompida poucos meses antes da explosão da fúria palestina em uma intifada organizada, cuja dimensão claramente jovem era evidente nos "filhos da revolta movida pelo arremesso de pedras" que surgiram na tela dos televisores do mundo inteiro. Em todo o mundo árabe, a imagem de Handala entrelaçou-se com a desses *atfal hijara*, como os jovens revolucionários ficaram conhecidos. A revolta de dezembro de 1987 na Palestina ocupada foi prenunciada por diversas revoltas menores em toda a Faixa de Gaza, na Cisjordânia e nos territórios palestinos usurpados em 1948, que al-

-Ali traçou e retratou em seus cartuns diários. Durante toda a década de 1980, Handala, que se tornou consciente de seu papel na história nos campos de refugiados do Líbano, apareceria em todos os lugares da Palestina e entre os leitores árabes de todos os cantos. Consideravelmente, esse não foi um processo unilateral. Não se tratava apenas de Handala ser imposto ao cenário da luta palestina a partir da redação de um jornal estrangeiro; graças à rede de palestinos exilados que se estendia pela Jordânia, pelo Golfo e mais além, Handala tornou-se uma figura familiar entre os palestinos da própria Palestina ocupada. Lá, a rebelião já desenvolvia uma estética própria, com os palestinos usando o grafite e as aulas de dança *dabke* como meio de resistência cultural.

A força motriz dessa última rebelião surgiu dos campos de refugiados de forma parecida à de Handala no Líbano e, assim como nas comunidades palestinas de todos os lugares, a luta pela resistência era dupla, tanto contra a agressão organizada israelense como contra os líderes árabes fraudulentos, corruptos e enganosos, que desejavam ardentemente gozar da glória das crianças atiradoras de pedras.

Com efeito, é neste capítulo que todos os elementos prévios dos cartuns de al-Ali se reúnem verdadeiramente. Aqui, a luta não é conduzida só pelos homens de bigode, mas também por mulheres fortes e libertadoras, que usam suas lágrimas como munição; nós não vemos apenas a agressão nua e crua de Israel, mas também a necessidade dos árabes de mudar seus próprios líderes. Estas palavras foram escritas logo depois da última rodada de agressões israelenses – e da complacência oficial dos árabes – contra os palestinos, especificamente os de Gaza, em janeiro de 2009; elas querem salientar que a voz de Handala sobre uma completa *não* rendição, ressonante durante muitos anos nos campos de refugiados na Palestina histórica e em outros países, continua tão necessária hoje em dia como era quando estes cartuns foram feitos.

RESISTÊNCIA **99**

O comprometimento com a pátria significa sangrar por ela. O arame farpado perfura a mão de um defensor da liberdade palestina enquanto ele cava delicadamente o solo de sua terra (abril, 1980)

Um defensor da liberdade moribundo crava os dedos na terra ressequida de sua pátria; seu sangue a irriga (novembro, 1980)

RESISTÊNCIA   **101**

As lágrimas de uma mulher de luto transformam-se em bombas de resistência (sem data)

Balançando uma bandeira palestina, Handala chuta um barril de petróleo israelense com as bandeiras brancas da capitulação árabe (maio, 1982)

As perigosas correntes da capitulação arrastam um defensor da liberdade que se agarra à margem de sua pátria adorada (outubro, 1983)

A marcha firme e imponente do palestino certamente asseguraria a realização de seus objetivos de liberdade, retorno e justiça (julho, 1986)

RESISTÊNCIA **105**

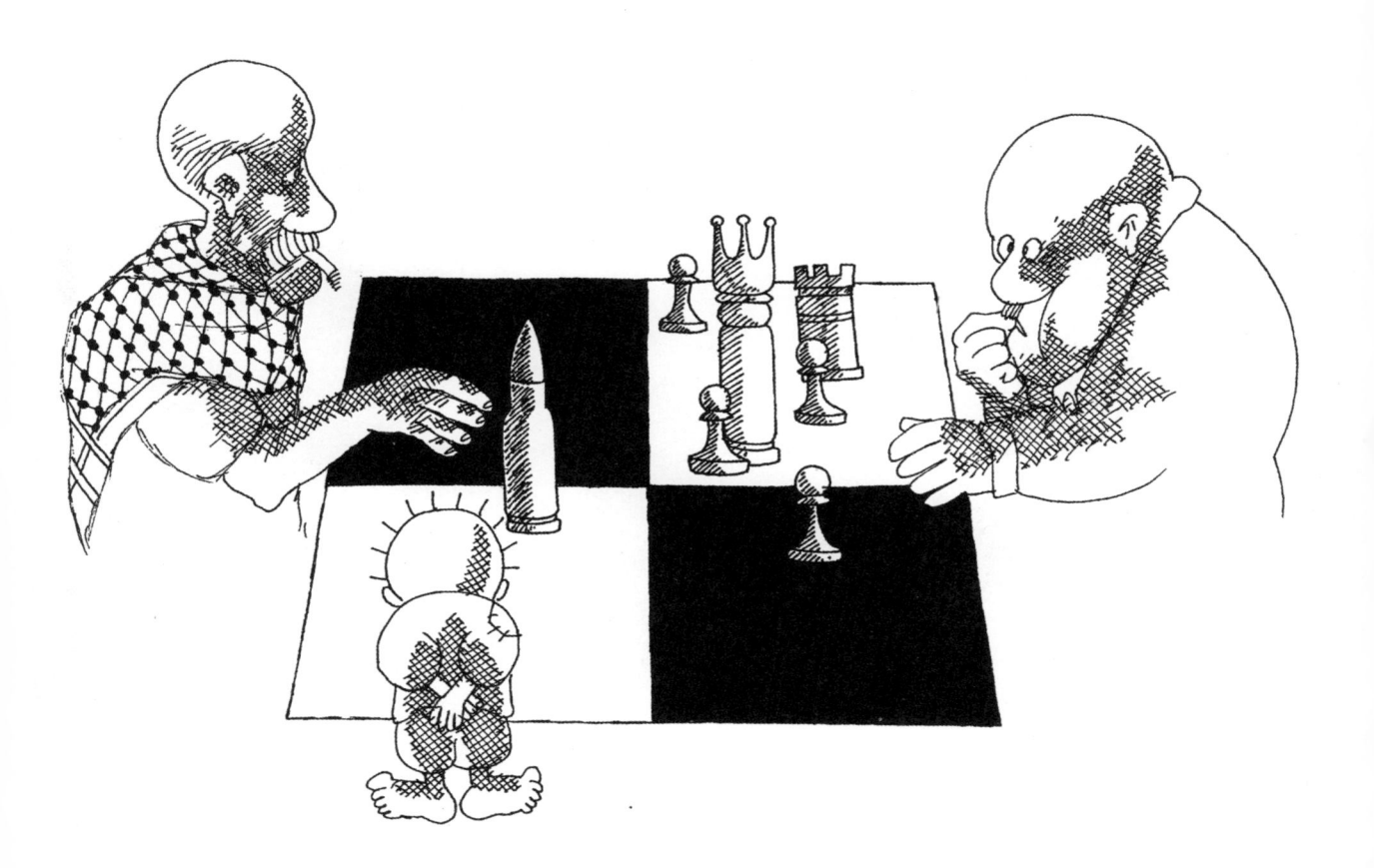

Xeque-mate: o palestino pobre joga xadrez contra o político árabe, que está impotente diante do caso irrefutável da resistência palestina (janeiro, 1985)

A classe dominante expressa seu apoio aos Estados Unidos; o povo árabe expressa sua preocupação e seu amor pela Palestina (outubro, 1984)

RESISTÊNCIA **107**

As convenientes elites políticas e sociais árabes são rápidas em se aproveitar dos ganhos obtidos pela defesa armada palestina – e igualmente rápidas em abandoná-la à própria sorte no momento oportuno (julho, 1983)

Em um paralelo com a história bíblica de Salomé, a cabeça cortada de um defensor da liberdade, vestida com um *keffiyeh* e equilibrada sobre uma bandeja na cabeça de uma dançarina do ventre, é servida a um alegre israelense (setembro, 1983)

Um guerrilheiro palestino usa seu *keffiyeh* xadrez como sinal de resistência; as elites árabes, rumo ao Ocidente para fechar negócios, usam a mesma estampa como expressão de moda (abril, 1984)

Apunhalados pelas costas: para estabelecer a paz com os israelenses, os governantes dos países árabes petrolíferos traem os defensores da liberdade palestina (agosto, 1981)

RESISTÊNCIA **111**

Funcionou com Guilherme Tell: um governante árabe diz a Handala, representando o povo palestino, que ele pode confiar em suas habilidades com o arco e flecha. O governante erra de propósito, atingindo Handala no coração, e depois o observa morrer enquanto mastiga a maçã como prêmio. Este cartum foi desenhado poucos meses antes do assassinato de al-Ali (abril, 1987)

"A intifada de Gaza e da Cisjordânia": Cristo, símbolo do sofrimento eterno, contra-ataca o ocupante israelense (dezembro, 1986)

RESISTÊNCIA **113**

Mães palestinas resignadas demonstram seu apoio aos filhos da intifada (transformando arame farpado em flores da primavera). Al-Ali previu a intifada anos antes que ela acontecesse (março, 1982)

114   UMA CRIANÇA NA PALESTINA

Crianças palestinas atiram pedras em um rolo compressor israelense (símbolo da contínua apreensão e apropriação de terra e da construção de assentamentos ilegais). Os governantes árabes agacham-se atrás do rolo e o empurram para a frente (fevereiro, 1987)

RESISTÊNCIA **115**

Mulher e criança, ambas profundamente enraizadas na terra à qual pertencem, expulsam as elites árabes deformadas e o soldado israelense (março, 1984)

Jesus Cristo, na cruz, atira uma pedra em apoio à intifada (abril, 1982)

RESISTÊNCIA **117**

Em uma paisagem desolada, uma mão desafiadora segurando uma bandeira palestina irrompe através do solo rochoso, significando uma nova primavera (março, 1982)

NAJI AL-ALI

Naji al-Ali (1936-1987) nasceu em al-Jalil (Galileia), Palestina, no vilarejo de al-Shajara. Quando veio a Nakba (catástrofe), em 1948, al-Ali tornou-se um refugiado, junto com a grande maioria dos palestinos, crescendo no campo de refugiados de Ain al-Hilweh, no sul do Líbano. Em 1961, o palestino Ghassan Kanafani, escritor e ativista político, percebeu a criatividade artística de al-Ali e publicou três de seus trabalhos na revista *al-Hurriyya*. Dois anos depois, al-Ali mudou-se para o Kuwait, onde desenhou para diversos jornais durante onze anos. Em 1969, sua criação mais famosa, Handala, a criança testemunha, apareceu pela primeira vez.

Através do olhar dessa criança refugiada com roupas remendadas e puídas, al-Ali criticou a brutalidade da ocupação israelense, a venalidade e a corrupção dos regimes na região, e enfatizou o sofrimento e a resistência do povo palestino. Fortemente independente e sem nenhum partido político, ele lutava para falar com e pelo povo árabe comum; a sátira penetrante de seus cartuns simbólicos e ásperos lhe rendeu uma grande reputação, muitos inimigos poderosos e o respeito de um público amplo, tanto na Palestina como em todo o mundo árabe.

Em 1974, al-Ali voltou para o Líbano, onde testemunhou a guerra civil e a invasão israelense de 1982. Ao retornar ao Kuwait, assumiu um cargo no jornal diário *al-Qabas*. Constantemente atormentado e censurado pelas autoridades, foi finalmente expulso do país e se mudou para Londres, onde continuou trabalhando para a edição internacional do *al-Qabas*. Em 22 de julho de 1987, ele foi atingido por um tiro diante da redação do jornal, em Chelsea, e morreu cinco semanas depois. Recebeu o prêmio póstumo Golden Pen of Freedom da Federação Internacional de Editores de Jornais (FIEJ).

Os cartuns de Naji al-Ali estão mais relevantes e populares do que nunca. *Uma criança na Palestina* reúne, pela primeira vez na forma de livro, o trabalho de um dos maiores cartunistas do mundo árabe, venerado em toda a região por sua franqueza, honestidade e humanidade.

1ª edição março de 2011
Fonte Bembo e Gil Sans | **Projeto gráfico** Hewer Text UK Ltd, Edimburgo | **Diagramação** Júlia Tomie Yoshino
Papel Offset Chenming 120 g | **Impressão e acabamento** Corprint